# DISNEY · PIXAR REBELLE

Il y a très longtemps, le royaume DunBroch surplombait les
terres ancestrales des Highlands d'Écosse. C'était un lieu empreint de
magie et de danger.

Avec l'aide de sa femme, Elinor, le roi Fergus était parvenu à rétablir la paix entre les différents clans du royaume. Le roi et la reine étaient les heureux parents de triplets et d'une ravissante jeune fille, nommée Mérida.

Mérida était de nature indépendante. Lorsqu'elle ne se faisait pas donner la leçon par sa mère, elle attrapait son arc et ses flèches, montait sur son cheval, Angus, et passait la journée à s'amuser dans la forêt.

Un jour, la reine informa Mérida qu'elle allait devoir épouser l'héritier de l'un des trois clans du royaume. Mérida fut saisie d'effroi.

— Je ne suis pas prête pour le mariage ! protesta-t-elle.

La famille royale accueillit les membres des trois clans, puis les seigneurs présentèrent leurs fils aînés à Mérida. La reine annonça que c'était la princesse qui déciderait du défi qu'allaient devoir relever les prétendants.

— Je choisis le tir à l'arc ! déclara Mérida.

La foule regarda les jeunes seigneurs se mettre à exécution. Une fois la compétition terminée, Mérida s'avança sur le terrain.

— Je vais concourir pour ma propre main ! dit-elle.

Elle visa trois fois dans le mille et remporta la victoire !

Elinor entraîna Mérida à l'intérieur du château. La princesse ne comprenait pas que son geste pouvait ranimer la guerre entre les clans !

— Je ne serai jamais comme toi ! cria Mérida en donnant un coup d'épée dans la tapisserie familiale.

Mérida éclata en sanglots et s'enfuit dans la forêt sur le dos d'Angus. Ils pénétrèrent soudainement dans un cercle de pierres géantes. Des feux follets surgirent et les incitèrent à les suivre jusqu'à la maison d'une sorcière.

Longtemps auparavant, la sorcière avait aidé un prince à acquérir une force extraordinaire. Mérida lui demanda de changer sa mère. La sorcière accepta à contrecœur, puis elle lui prépara un gâteau magique.

Mérida se dépêcha de rentrer au château. Son père était en train de distraire les membres des clans en leur racontant l'histoire de Mor'du, un ours démoniaque qui lui avait pris une jambe.

La princesse alla retrouver sa mère… et lui offrit le gâteau.

Mais plutôt que de faire changer d'avis Elinor à propos du mariage, le gâteau la transforma en ours ! Mérida aida sa mère à sortir discrètement du château et l'entraîna dans la forêt.

Elles coururent jusqu'à la maison de la sorcière. Celle-ci avait laissé une note sur son chaudron :

*Le destin peut changer, regarde à l'intérieur et rétablis le lien qui a été rompu par orgueil.*

Le lendemain matin, Mérida apprit à pêcher à Elinor afin que celle-ci puisse satisfaire son gros appétit. Elles eurent beaucoup de plaisir ensemble, mais Elinor commençait à agir comme un vrai ours.

Désespérée, Mérida fouilla les ruines d'un vieux château.
Elle découvrit une pierre sur laquelle étaient gravées les images
de quatre princes. Puis, elle aperçut des marques de griffes.

Mérida comprit que le prince dont lui avait parlé la sorcière
était devenu Mor'du, l'ours démoniaque, et qu'il avait détruit
le royaume !

L'ours Elinor et Mérida rentrèrent au château. Mérida devait recoudre la tapisserie familiale pour « rétablir le lien qui avait été rompu par orgueil ».

Mais il lui fallut d'abord se confronter aux membres des trois clans. Elle leur dit que chaque individu était libre de faire ses propres choix. Tout le monde se mit à applaudir.

Mérida et l'ours Elinor allèrent se réfugier dans le salon de la tapisserie, mais le roi Fergus les y trouva. Ce dernier ne reconnut pas sa femme. Il enferma donc Mérida dans la pièce pour sa sécurité.

Puis, les hommes et lui se mirent à pourchasser l'ours qui s'était enfui.

Mérida aperçut trois oursons dans le couloir. Ses frères avaient mangé le gâteau ensorcelé et s'étaient également transformés en ours !

— Emmenez-moi la clé ! ordonna-t-elle.

Les oursons poursuivirent la gouvernante, lui arrachèrent la clé et libérèrent leur grande sœur !

Mérida et les oursons montèrent sur le dos d'Angus et s'élancèrent dans la forêt au secours de leur mère.

En chemin, la jeune fille recousit la tapisserie familiale.

Mais Fergus et les membres des trois clans avaient déjà capturé l'ours Elinor dans le cercle de pierres.

— Je ne te laisserai pas tuer ma mère ! dit Mérida à son père.

Soudain, Mor'du émergea de l'ombre et se précipita vers Mérida.
Dans un rugissement, Elinor se libéra et se jeta sur lui. S'ensuivit
un combat féroce, puis une pierre tomba sur l'ours démoniaque et
l'écrasa. C'en était fini de Mor'du !

Mérida et l'ours Elinor se blottirent sous la tapisserie. Mérida avait réparé le lien brisé, alors pourquoi sa mère n'avait-elle pas retrouvé sa forme humaine ?

— Je veux que tu reviennes, maman. Je t'aime ! dit Mérida en sanglotant.

Elinor reprit sa forme humaine à la première lueur du jour.
Le sortilège était rompu. Les triplets redevinrent également humains.
Tous se serrèrent dans leurs bras. La famille était à nouveau réunie.

À partir de ce jour, Mérida et Elinor devinrent de bonnes amies. Elles ignoraient ce que leur réservait l'avenir mais, pour le moment, elles s'acceptaient l'une et l'autre telles qu'elles étaient.